W9-BXU-922

BEDTIME MONSTER

¡A DORMIR, PEQUEÑO MONSTRUO!

Written by / Escrito por Heather Ayris Burnell

Illustrated by / Ilustrado por Bonnie Adamson

For my three little monsters—Jasper, Elijah, and Ellamae—and their daddy, too. ☾ Heather Ayris Burnell

For the polka-dot pony, who's always there. ☾ Bonnie Adamson

Text ©2010 by Heather Ayris Burnell
Illustration ©2010 by Bonnie Adamson
Translation ©2010 Raven Tree Press

Burnell, Heather Ayris.

Bedtime Monster / written by Heather Ayris Burnell; illustrated by Bonnie Adamson; translated by Cambridge BrickHouse = ¡A dormir, pequeño monstruo! / escrito por Heather Ayris Burnell; ilustrado por Bonnie Adamson; traducción al español de Cambridge BrickHouse —1st ed. —McHenry, IL: Raven Tree Press, 2010.

p. ; cm.

SUMMARY: A little boy does not want to go to bed and sprouts a tail and growls, turning into a bedtime monster.

Bilingual Edition
ISBN 978-1-932748-80-2 hardcover
ISBN 978-1-932748-81-9 paperback

English Edition
ISBN 978-1-934960-03-5 hardcover

Audience: pre-K to 3rd grade
Title available in English-only or bilingual English-Spanish editions

1. Bedtime & Dreams—Juvenile fiction. 2. Family / Parents—Juvenile fiction. 3. Bilingual books—English and Spanish.
4. [Spanish language materials-books.] I. Illust. Adamson, Bonnie. II. Title. III. Title: ¡A dormir, pequeño monstruo!

LCCN: 2010922817

Printed in Taiwan
10 9 8 7 6 5 4 3 2 1
First Edition

Free activities for this book are available at www.raventreepress.com

Raven Tree Press
A Division of Delta Systems Co., Inc.
www.raventreepress.com

PRINTED WITH
SOY INK

"It's time for bed," said Mom.
Paul toppled skyscrapers and crashed cars on his bedroom floor.

—Es hora de ir a dormir —dijo Mamá.
Paul tumbaba rascacielos y chocaba carritos en el piso de su habitación.

3

He parked his cars in a long row . . .

Estacionó sus carritos en una larga fila . . .

. . . and yawned.

. . . y bostezó.

"Time for bed,"
Mom said again.

—Es hora de dormir
—dijo Mamá de nuevo.

7

Paul grumbled. The lights were on through the whole house.
EVERYONE was still up.

Paul refunfuñó. Las luces estaban prendidas en toda la casa.
TODO el mundo estaba despierto aún.

"Why do I have to go to bed?" Paul screeched.

—¿Por qué me tengo que dormir? —chilló Paul.

His lips trembled.

His nose sniffled.

His eyes watered.

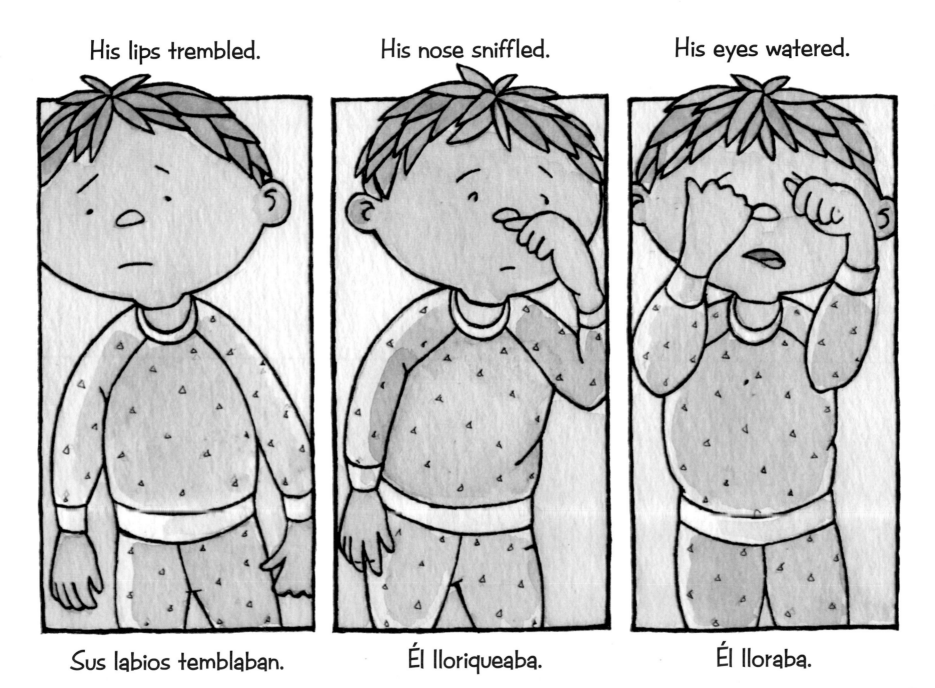

Sus labios temblaban.

Él lloriqueaba.

Él lloraba.

11

Paul twitched and quivered and grunted.

Paul temblaba y retemblaba y gruñía.

His hair grew. A tail sprouted. Sharp claws jabbed from his fingertips.

Le creció el cabello. Le salió una cola. Le salieron garras afiladas en la punta de sus deditos.

13

Paul stomped and smashed.

Paul pisoteaba y aplastaba todo.

14

He bashed and crashed. He shrieked and howled.

Él golpeaba y estrellaba las cosas. Chillaba y aullaba.

15

"I see you've turned into a little monster again," Dad said.

—Veo que te has convertido otra vez en un pequeño monstruo —dijo Papá.

16

Paul roared and hissed. He twisted and spat. He wrestled and wriggled.

Paul rugía y siseaba. Se retorcía y escupía. Él forcejeaba y se remeneaba.

Dad scooped up
the squirming monster
and gently rocked him.

Papá recogió a su
pequeño monstruo,
que se retorcía, y lo
meció suavemente
en sus brazos.

Mom sang a soft lullaby.

Mamá le cantó una canción de cuna.

19

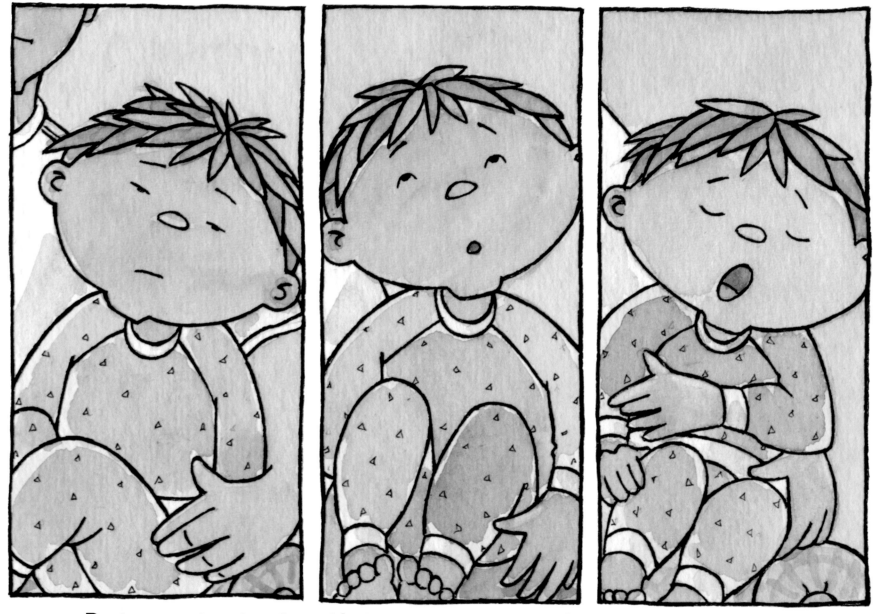

Paul swayed and sighed. He hummed and sang. He yawned and snuggled.

Paul se meció y suspiró. Murmuró y cantó. Bostezó y se acurrucó.

"I'm tired," he said softly.

—Tengo sueño
—dijo Paul en voz bajita.

Mom straightened Paul's pajamas. Dad put Paul into his warm, fluffy bed. Paul cuddled his teddy bear. He nestled into his pillow. Then he kissed his mom and dad good night.

Mamá le acomodó el pijama a Paul. Papá acostó a Paul en su cálida y suave camita. Paul se acurrucó con su osito de peluche. Se acomodó sobre su almohada. Después, les dio un beso de buenas noches a su mamá y a su papá.

23

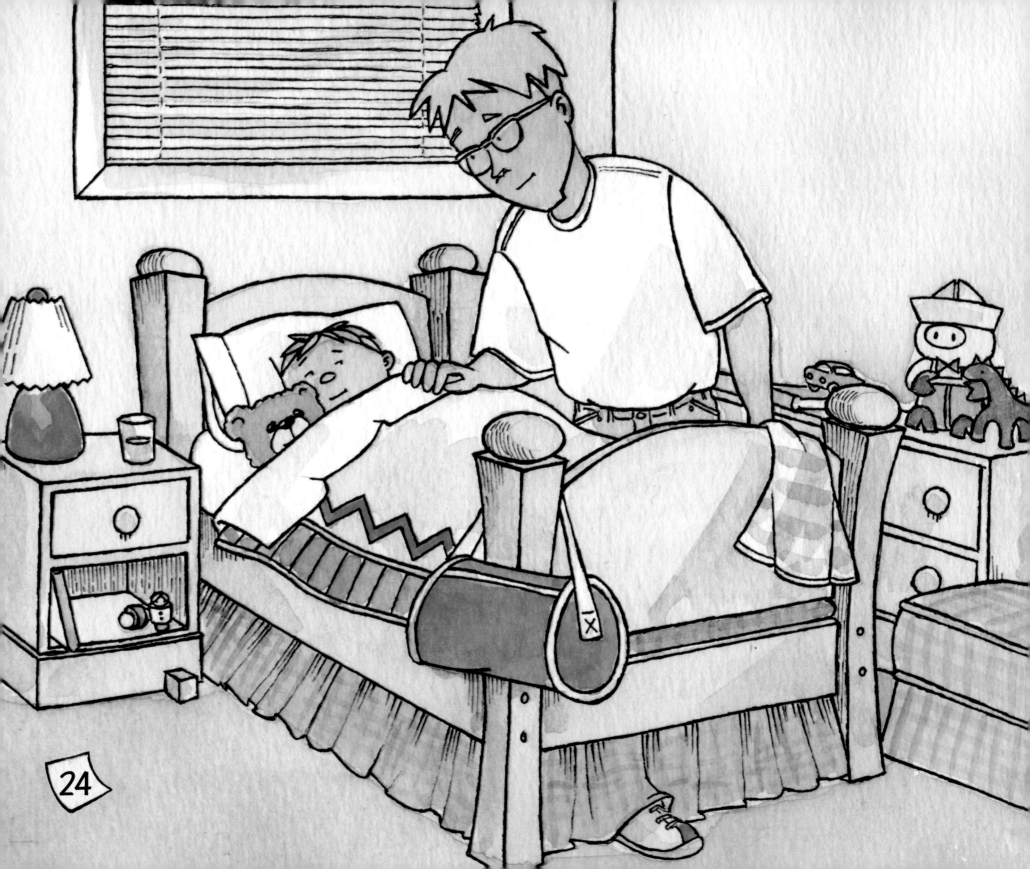

"Sweet dreams, my
little monster," said Mom.

—Dulces sueños, mi pequeño
monstruo —dijo Mamá.

25

"Good night," Paul yawned.

—Buenas noches —dijo Paul, y bostezó.

Dad tucked the covers in snug around Paul.
"You know Paulie," Dad whispered, "I used
to be a little bit of a monster myself."

Papá acomodó la colcha alrededor de Paul.
—¿Sabes, Paulie? —susurró Papá—. Alguna
vez yo también fui un pequeño monstruo.

30

VOCABULARY	VOCABULARIO
bed	la(s) camita(s)
monster	el (los) monstruo(s)
pajamas	el (los) pijama(s)
mom	la(s) mamá(s)
dad	el (los) papá(s)
lullaby	la(s) canción (canciones) de cuna
pillow	la(s) almohada(s)
sang	cantó
teddy bear	el (los) osito(s) de peluche
good night	buenas noches
yawned	bostezó
dreams	los sueños

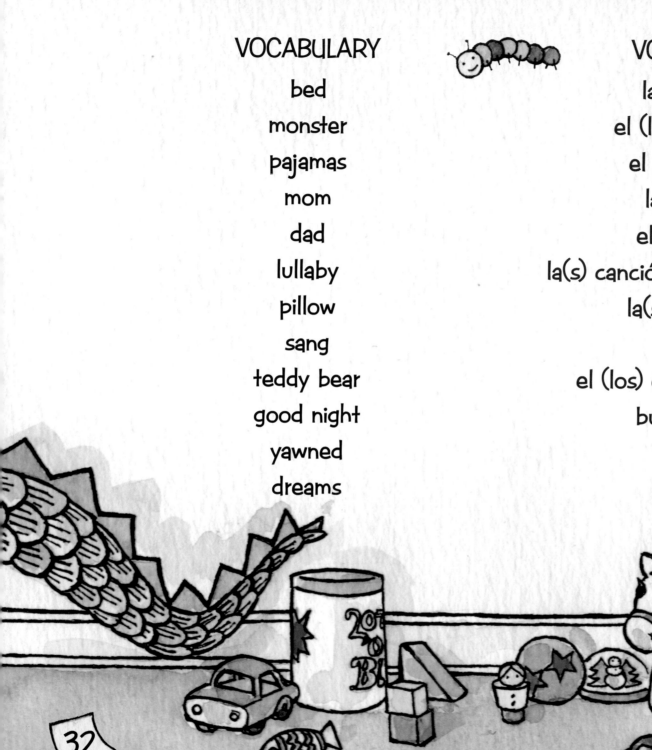

32